ODE

SUR

LE MARIAGE DE L'EMPEREUR.

PAR LE CHEVALIER FOURCY,

OFFICIER DE LA LÉGION D'HONNEUR, CAPITAINE D'ARTILLERIE
DE LA GARDE IMPÉRIALE.

À PARIS,

DE L'IMPRIMERIE DE MICHAUD FRÈRES,
RUE DES BONS-ENFANTS, N°. 34.

M. DCCC. X.

C.

ODE

SUR

LE MARIAGE DE L'EMPEREUR.

———

Bravant le sort que me prépare
Une altière présomption,
Plus hardi que l'ancien Icare,
Je prends la lyre de Pindare.
Quelle mer recevra mon nom ?

Un délire inconnu m'anime.
Où tend mon vol audacieux ?
Est-ce une illusion sublime ?
Du pied je repousse l'abîme,
Et déjà je suis dans les cieux.

ODE.

Je frémis : une horreur soudaine
Glace mes transports criminels.
Ah ! quittons la céleste plaine !
Son azur, que j'effleure à peine,
Se ternit sous mes pas mortels.

Mais bientôt une voix secrète
Me dit : « Poursuis ton vol léger.
» Quel effroi profane t'arrête ?
» Sache que l'esprit du poète
» Dans les cieux n'est pas étranger. »

Comme un atôme de poussière,
Je flottais en ces divins lieux ;
Et dans des torrents de lumière,
Malgré ma timide paupière,
Se noyaient mes débiles yeux.

Dirai-je cet espace immense,

Hors de la matière et du temps,

Où l'éternelle Intelligence

Éternellement récompense

Nos vertus de quelques instants ?

Dirai-je ces races humaines,

Qui tour à tour ont existé,

Et qui, du temps brisant les chaînes,

Se retrouvent contemporaines

Dans les champs de l'éternité ?

Merveilles du céleste empire,

Quel mortel peut vous concevoir ?

Nous sommes vaincus, ô ma lyre !

Quel langage humain peut décrire

Ce que l'œil humain ne peut voir ?

ODE.

Apprenons du moins à la terre
Que la voix du fils de Pepin,
A travers la divine sphère,
Résonna comme le tonnerre
Qui gronde sur un mont lointain.

« Hapsbourg, dissipe tes alarmes, »
Disait l'auguste chef des Francs,
« Napoléon pose ses armes,
» Et sa main, pour sécher leurs larmes,
» Va s'étendre vers tes enfants.

» Par d'éclatantes destinées
» Du monde fixant les regards,
» Sur vingt nations enchaînées
» Ils levaient leurs têtes ornées
» Du diadême des Césars.

» Mais des champs heureux de la France

» L'aigle prit son rapide essor;

» Et, sur l'univers en silence,

» Brillant de gloire et d'espérance,

» Il étendit ses ailes d'or.

» Par lui mon antique héritage

» A mon sceptre enfin est rendu.

» Vaillant héros, monarque sage,

» Il va terminer mon ouvrage

» Depuis dix siècles suspendu.

» De l'Europe vainqueur et père,

» Ses bienfaits suivent ses exploits.

» Les peuples qui lui font la guerre

» Sont accablés par sa colère,

» Et régénérés par ses lois.

» Déjà le trident britannique

» Du foudre vengeur est frappé ,

» Du Niémen à l'Atlantique,

» Et du sein de la neige arctique

» Aux rochers brûlants de Calpé.

» Enflés d'une vaine assurance ,

» Tes fils quatre fois l'ont bravé.

» Ils sont tombés sous sa vengeance ;

» Et quatre fois, par sa clémence ,

» Tu vis ton trône relevé.

» Le chêne , qui de la tempête

» Soutint les assauts redoublés ,

» Courbe enfin sa superbe tête ,

» Et de sa chute qui s'apprête

» Il sent ses rameaux ébranlés.

» Soudain de l'arbre qui chancelle

» Se sépare une branche en fleurs,

» Qui de la tige maternelle,

» Au sein d'une tige nouvelle,

» Va perpétuer les honneurs.

» Autriche, maison fortunée,

» Laisse à d'autres les soins guerriers,

» Toi que les myrthes d'hyménée

» De plus d'éclat ont couronnée

» Que la victoire et ses lauriers.

» L'astre brillant que Vienne adore

» Se lève sur les champs français ;

» Et pour l'Europe, qui l'implore,

» Sa douce lueur est l'aurore

» Des jours de bonheur et de paix.

» Accours, princesse aimable et chère,

» Objet du plus illustre choix,

» Louise, viens servir de mère

» Au plus grand peuple de la terre,

» Heureux sous le plus grand des Rois.

» *C'est en chérissant sa famille*

» *Que tu peux faire son bonheur* (1).

» O de Thérèse auguste fille,

» Que ces mots, où sa bonté brille,

» Descendent brûlants dans ton cœur !

» Daigne, ô ciel ! d'un riche feuillage

» Orner le tronc majestueux ;

» Et que ses rameaux, d'âge en âge,

» Versent leur bienfaisant ombrage

» Jusque sur nos derniers neveux !

---

(1) Réponse de l'Empereur aux félicitations du Sénat sur son mariage.

» Venez à l'hymen qui s'apprête,

» Sarmates, Lombards et Germains.

» D'olivier couronnant sa tête,

» Le Français, en habits de fête,

» Vous tend de fraternelles mains;

» Et qu'enfin rejeté sur l'onde,

» De la haine l'affreux démon

» Aille, en sa douleur furibonde,

» Pleurer sur le bonheur du monde,

» Aux champs inhumains d'Albion »!

FIN.